U0074270

回鄉的季節。

牧林——著

推薦序一

《從容文學》季刊主編　張紫蘭

牧林的作品，在一個自然形成的世界移動、迴盪。漠漠心情，說明詩。作品面容樸素，想望詩情，真實風光，隱約而準確。逐篇閱讀，風格連貫，欲言即止。

詩裡舉手投足，頃力抵達一種語言的自足與和諧。他的夢國。文字語言的把握，簡易確實。他的詩意，在白話純粹中移動。

短短的詩，他寫得十分感覺。

牧林，給我的感覺，和善有禮，像他的文字。一種禮的節制。

牧林的文學創作觀如下：

細膩的觀察與領悟，是詩人的特質。詩人對周遭事物的感覺比較細膩，更能體會出旁人不易體會的，這種覺性加上感性，也許就是詩心。一般人提到詩，有時會把詩與歌連在一起，詩是可歌詠的。除了情感的表達與宣洩，詩更能作意境的詮釋。意境的詮釋常常是言短而味無窮，留下無盡的想像空間。詩之妙就在於如果都講白了，反而不好，能夠讓人玩味才有詩趣，創作的樂趣也在於此。

詩賦予我新的陽光與水分，在吟詠中得到樂趣；在創作的痛苦與愉悅中，我看到生命如泉湧般新生，忘了年華已慢慢老去……。

詩與詩人，泉湧與生命。詩創作，永遠如新的生命般，陽光與水分。詩人迷戀生命，迷戀詩。創作接近韻律、接近美。詩人煥然有了新生，即使年華老去。

牧林的技巧行雲流水，涓涓細細。他是印象的、輕細的。

大里杙的故事：我們家的詩人——林育民

美國奧斯汀德州大學教授　林澤民

我的曾祖父林琢如是一位詩人，曾與從叔林耀亭參加日治時期台灣詩壇三大社團之一的櫟社。櫟社係霧峰林家林痴仙、林幼春等人在一九〇二年創立。我們大里杙林家與霧峰林家都在十八世紀中期從漳州平和移居台灣，雖然同出一源，來台後也同在大里杙墾殖，卻只算同宗而不同族。林爽文事件後，霧峰林家受累遷徙霧峰，歷數代而家道漸漸恢復，子孫文武輩出。日治後，痴仙、幼春在台中詩壇引領風騷。痴仙的《無悶草堂詩存》及幼春的《南強詩集》流傳至今，耀亭亦有《松月書室吟草》知名，唯琢如並無詩集遺世。一直到最近拜台文界數位典藏計劃之賜，我才在《台灣文藝叢誌》裡找到他參加台灣文社徵詩獲選的這兩首〈秋霖〉七律：

秋雲黯淡日韜光，霖雨霏霏下野塘。過雁無聲空際斷，寒鴉歛翼樹中藏。
催殘梧葉山齋冷，滴落蓼花水國涼。簷溜蛩吟同瑟瑟，頓令久客盡思鄉。

陰雲密密鎖江城，秋雨連宵又徹明。三日勢催梧葉落，滿天響雜草虫鳴。
濕雲侵榻驚鄉夢，積潦防途滯客行。過雁無聲鴉不動，芸窗冷透讀書檠。

我祖父擔任日治時期大里杙庄庄長，英年早逝，未曾聽說他能詩。父親被迫幼年持家，便家道中落了。不過，我們家卻也未嘗不是詩香世家。小時候我所居住的三合院廳堂各有對聯，門額窗扉上也有曾祖父所題的雅句。記得客廳神桌上的對聯是：

慧日天晶萬種曇花呈般若
法雲地湧兩行寶樹引菩提

而總鋪窗戶的兩扇窗門則題著「蟬琴」、「蛙鼓」四字。在這樣的環境中，我從小便喜歡作對句。小學時，因大姊在高中教國文，便纏著她教我作詩，有「蟬琴蛙鼓交響樂，獨坐院中觀曇花」之句。後來偶然在父親的書櫥裡翻出一本破舊的《唐詩三百首詩話薈編》，讀到李白〈將進酒〉、白居易〈長恨歌〉、〈琵琶行〉等詩，喜悅不勝，背之又背，當時頗為自詡。不過小時了了，大未必佳，長大後雖寫了幾首半新不舊的詩，卻終究作不了詩人。

直到來美國讀政治學，當了教授，漸漸忘了詩是怎麼一回事的時候，有一天才驀然發現：原來我們家畢竟又出了一位詩人：我的大哥林育民。

大哥長期在渡假村任職，工作繁忙，然而居於山水花草之間，不為俗務所累，很早就有〈油桐四韻〉的美麗詩作。我初以為那只是園中需要用文字來點綴景物，不以為意。但一九九六年，我接到他捎來的一首〈羈旅——寄給飄泊異鄉的兄弟〉：

蒼默
刻劃出遊子隱隱的鄉愁
白髮無語
訴說羈旅難遣的失落

我讀了低迴良久。翌年，我出國後首度回鄉過年，他又為我寫了〈故鄉的春酒〉：

鄉愁是幼時底童玩與布偶
在市區的老街裡
遊子將去尋回記憶的春光

以景物寫親情，從親情到懷舊，意象鮮明，而又深情款款。我知道大哥久蟄的才華已經逐漸綻放，反思自己離詩越來越遠，一則以喜，一則以愧。

這以後的二十年之間，大哥寫詩的題材越來越廣，作品越來越多。除了繼續寫景、寫情，更擴及對周遭事物的關懷。近年來，在我建議之下，他以「牧林」為筆名在聯合部落格發表詩作，吸引了不少讀者。許是年歲漸老，覺悟遂深，詩作中禪意盎然，又是一番境界。

我讀大哥的詩，常注意到其中的色彩意象。隨手捻來幾個例子：

鵝黃的花瓣在晨風中／如雨飄落／華麗雍容為這城市／散發金色的熱情〈阿勃勒詩語〉

繽紛是多姿底裙彩／滿山的新芽與翠綠相繼失色〈鳳仙之戀〉

金黄色的誘惑掛滿那片柿園／更在紅磚古厝三合院／層層橙橙〈柿子紅了〉

九重葛不隔九重／紫紅花妝點了正月的殿堂〈朝山〉

我曾寫過一篇〈文學中的色彩與調子〉的文章，其中說道：「色彩，如果不就它的隱喻意義而言，在繪畫中具有一種『感官惹引』的功能。……色彩可以用來逼近真實景物，可以藉其象徵意義來說明指示，也可以僅僅為了畫面的合諧而使用。不論如何它總是作用在我們的情緒上，勾惹著一些深沉的感情。它可以屬於自然的、現實的世界，也可以屬於那無意識的、幻想的、超現實的世界。」

不論對花草、懷親人、思舊時、感現世，大哥都是多情的。藉著詩，大哥呈現了他日常中較不為人知的一面，與我們溝通他多彩多姿的感情，引起我們的共鳴。色彩的意象早期較多而近期漸少，那應該是他對色、空辯證的了悟。這首在小孫女剛出生時寫的詩道出了大哥禪境的進展：

望向蒼穹
只見長天澄澈
心塵雜念倏而無蹤
我驀然醒覺——
原來
秋月已圓

讀大哥的詩，我常想到兒時家中曾祖父的對聯、題字。我曾問大哥，他說他並不記得那些字句，但他的詩明明就有許多「蟬琴」、「蛙鼓」、「曇花」、「寶樹」之類的意象，最後還有超越這些色相直指天心的般若與菩提。

如今大哥精選佳作百首出版詩集《回鄉的季節》，曾祖父有知，應該吟詩感慰吧？

CONTENTS

第二輯 回鄉的季節

第三輯 流星雨

第四輯 壺中歲月

第一輯

阿勃勒詩語

阿勃勒詩語

無視呼嘯而過的車陣
你巍巍然佇立於塵境之外
宛如身披黃金甲武士
以東方至尊的燦爛

鵝黃的花瓣在晨風中
如雨飄落
華麗雍容為這城市
散發金色的熱情

到底是誰
用油畫筆彩繪了初夏

黃金風鈴木

檯面上的花族一一退走後
搖曳著風鈴般的裙襬
驚嘆中
婀娜的豐姿壓軸登場

趕在這季的競艷
有人說
乾旱催得妳早熟了
也有人說
天生的麗質難自棄
當眾人佇足讚賞之際
我知道

燦黃的亮點已經把三月的春暉
比了下去

鳳仙之戀

我從樹林走過
妳以鮮亮底妝顏向我招手
繽紛是多姿底裙彩
滿山的新芽與翠綠相繼失色
只因妳輕輕底凝眸
我已然心醉
醉那林裡一季的艷紅與紫白

春頌

——油桐四韻之一

樹梢留住了
一片片的白
你說
那是一場春雪

微風輕拂
抖落了滿天的繽紛
驀然醒悟了——
是花的四月
踩著一路的落英而去

只聽到你輕輕地一聲
憐惜

夏蟬

——油桐四韻之二

夏蟬唧唧
遮住了滿山的暑氣
桐葉的翠綠
沁涼了八月的遊織

這一季
我們將陪著夏蟬——
避暑

秋風

——油桐四韻之三

秋風吹起
然而
蟬已歸去

滿地的金黃
是整山落葉的嘆息
窸窸窣窣
訴說輝煌的——
豔遇

冬霧

——油桐四韻之四

冬霧悄悄來臨
我的外衣卻已脫落
赤裸裸一如原始

娉婷似少女的
溫柔
她飄飄地來
濃濃的情
環住了兀自挺立的枝幹
溫暖了嚴冬的——
寒氣

方寸花園

隔著
玻璃與玻璃之間
是一隅私藏的方寸花園
看著綠意
觀盼亙古以來最輕悄的躍動

隨那季節替落
陽台上驚豔冒出的花
燦爛了妳的笑靨
也渲染起一屋子的——
陽光

情詩十行

細數妳不在的日子
留下了滿屋空寂
即使只是短暫別離
昨夜
妳仍然溫柔來到夢中
訴說喃喃情意
熟悉的唇香
教我跌落數十載青春
把情託與
那是一生繾綣的相依

——《從容文學》第九期，二〇一七年四月。

白玉壺

喜歡那牙白
弧線勾畫訝異的讚嘆
盈盈泛出匀亮光采
匠心細緻了這小巧圓瓷
冰心玉潔
一如妳
矜持的麗質

幾許葉片
在壺裡燙熱寒天
窗外流光
也隨著一抹茶香淡淡飄逸

——《從容文學》第七期，二〇一六年十月。

相思

淡漠——
是相思最佳的處方箋

思念是五月的相思樹
二十八棵
長夜以六串起
熱情繽紛了雪白的油桐
寂寞連綿在艷麗的鳳仙
七夕的約會
擋不住成串的失落

那一夜我們去逛街
暮春的街燈繁華十里

晚風清涼
牽過十八載歲月
是妳溫柔的手
輕輕環握
柳腰宛如少女的嬌羞
那一夜
我們如此纏綿

惠蓀林場

那是一個香甜的陷阱
糾纏了一夜
只由咖啡因而起

溫泉池始終擺出誘人之姿
群木光影透過薄簾而來
我決定不再猶豫
帶著惺忪的盹意入林
卻聽到
踩著木屐的嚮導
山路上的琴音

晚了四十年的巡場
台灣杉與——
福州杉之間的勝敗
仍未找到答案

——《從容文學》第九期，二〇一七年四月。

春聚

無非舊日情懷
塵間瑣事
是誰安排了這場春聚

一群被歲月追逐的銀髮族
七嘴八舌
東拉西扯之際
居然每人話下一幅晚霞
芳醇有如窖藏的老酒

興致是脫弦而出的飛箭
冷不防驚醒——
枯坐入夢的少女

樹魔

張牙舞爪彷若憤怒之哮吼
妖豔的彩衣令人卻步
八方觸角扭曲
有如千年修練
盤根訴說著魔界的苦悶
如怒
如怨
如束
如縛

掙脫出地底禁錮
它又彷彿跳躍之音符
巫彩化成飛舞彩虹

歡愉地站立在森林一隅
清聽仲夏蟬聲
靜觀深冬濃霧
如詩
如歌
如夢
如幻

歷盡滄桑
它是歲月的見證

秋意

岩板道上
回首不見來時路
逶迤而去的圓弧
收藏著數十年的固執

飄落一地的葉片
是悄然隱沒的童詩

草悟道

林木在濃淡疏密裡草書而去
流暢了城市獨特的律動
綠色翡翠串起——
台中之最

隱匿樹蔭的藝文
如此光鮮
熙熙攘攘的熱潮不退
街頭演者分據江湖各隅
紅塵一場的人生
在這
行草般的園道領悟

幽蘭

從山谷中移來
一株幽蘭
放在明亮的陽台上
位置也許不夠耀眼
但光線充足
可以慢慢觀賞細細長葉的模樣

日日凝視
看一色碧綠
看纖纖素顏
偶而有小麻雀來窺伺
在窗外流連
厚實的玻璃令牠知難

當淺黃的花朵綻放
沒有一絲艷抹濃妝
不招搖的小花瓣只是淡淡的——
散發了清香

那縷淡淡的清香
洋溢這雅室
陽光和煦
北風不強
四季如春的世界
一次又一次的芬芳
將我陶醉
陶醉在此生不渝的情鄉

香水百合

之一

徜徉在遐想季節
灑下滿室濃郁的花香
在咖啡的寧靜裡
邀你傾聽時間歌唱
那是一個小小的——
希望
品嚐喜悅
品嚐悠閒
也品嚐百合的芬芳

之二

如果你是那朵飄泊的雲
這裡是一方纖纖的山
你會乘風飛來
用高雅姿態
圍繞峭立山巔
以陶醉的心情
沉浸在千朵百合香味之中

午後陣雨

午後的天空來了不速客
六月炙陽燙傷的花園淋了一身濕答
柏油路劈哩啪啦響起初夏的節奏
那是一次狂熱的青春勁舞
隔著透明的玻璃銀幕
眾人陶醉在這場即興的演出
眼望著生動的雨之跳躍
把背景的花花草草洗得更綠了
連撐傘的女郎都已變得鮮艷動人

柿子紅了

這季節屬於客家庄
不知誰說的
鏡頭像朝聖隊伍
聚焦於年年此時
人潮湧入新埔巷道
金黃色的誘惑掛滿那片柿園
更在紅磚古厝三合院
層層橙橙
宛若祭天的風曬場

嚐一口甜甜柿餅
看一看挑擔風采
削皮演出停佇了眾人腳步

煙燻炭烤
還有八天日光浴
這是
九降風的傳奇

仙丹花

七月的暑氣
將一片矮綠塗上濃厚胭脂
像燎原赤焰
令人側目

火紅得如此大膽
也無半點遮掩
讓旁邊的花顏羞赧了臉

彩妝的過程有些焦慮
迎迓場面悄悄進行
三隻小海豚開始噴水
池裡的睡蓮甦醒

青春的痕跡

陽光滲透伸天樹梢
自茂密的枝葉缺口灑落
遠山捎來暗與亮的鮮動對白
林間空氣清新得令人心奮
小松鼠機伶迎迓於途
帶著悄悄的怯情
久違了
二千八百周歲的神木

山路蜿蜒而上
今日之水
流向昨日之橋
潺潺溪聲循階落下

兩峰間
聒噪成一條雪白長絹

翻遍整座山頭
記憶引我
重訪那片孟宗竹林
只是
木屋杳然
往日青春的痕跡
已無可復尋

——《從容文學》第七期，二〇一六年十月。

友人送來蔥蘭與腎蕨小盆景

蔥梗般的蘭
插放在桌上小瓶中
嶄露著一花一莖的堅持
水仙模樣
教人無法想像
衝破艱難的久旱甘霖
揮灑了一幅
風雨過的黃艷

蕨以飽滿的鋸齒葉襯托蘭株
型塑一簇不褪翠圍
沒有花開
沒有花落

也不陷入花果輪迴
寂寂盎然綠意
引我深墜冥想之淵
生滅念起
不禁幽然嘆讚——
這是造物者勝出紅塵的傑作

蘭已急凋
而蕨長青
自古紅顏易老
初夏之雨後
喜得一夜佛心

螢火蟲與油桐花之約

那一片閃閃發光的織錦
有如
大肚山下的燈火
澄澄壯觀

金碧輝煌
又像是
高掛夜空的繁星
點點浩瀚

四月雪白的油桐正開
揹著螢火的甲蟲匆匆趕來

只怕花泥入土
有限的青春不再

帶上耀眼的燦爛
浪漫起如詩的情懷
武士在季節裡等待
等待一場轟轟烈烈的愛

追螢

追螢族以梯縱隊摸黑前行
一步步踏入生態秘境
這是喧嘩與照明的禁地

流光開始出現
在草叢
在水邊
偶而
傳來輕聲驚嘆

如繁星般發亮的光點
不斷送出浪漫信息
穿梭花草間的披甲武士

提著燈籠妙曼起舞
興奮的演出青春熱秀

嘓嘓　嘎嘎嘎
嘓嘓　嘎嘎嘎
池畔的青蛙
為黑幕內的劇場
合奏暮春交響樂章

忘憂谷的神秘夜晚
竟
如此熱鬧

第二輯

回鄉的季節

回鄉的季節

南門往事的話匣
總在鳳凰花嫣紅的初夏打開
漂泊的浮萍啊
忘了帶走泥裡的根

尋那夢中味
一掬故鄉水
你不是迴游的鮭魚
是每年隨鑾謁祖的香客

羈旅

——寄給飄泊異鄉的兄弟

千里時空
阻隔在雲月之外
重洋記下了
十七載年少的青春
故鄉
依舊是你夢中的歸宿

蒼默
刻劃出遊子隱隱的鄉愁
白髮無語
訴說羈旅難遣的失落
我訝異於這般

異國澆薄的孤獨
孤獨改變了你少年翩翩的行色
行色有如陌人
……

五千年文化
平和銅壺世代二十四
曾是你酣睡的根基
在故鄉永恆的土地
我且問
還將遠離的兄弟
你在何方

故鄉的春酒

飛過關山
越過海洋
從桃園到台中
回鄉的路如此漫長
遊子底僕僕行程是要歸去——
飲一盅春酒

鄉愁是十七次缺席底年夜飯
大年夜裡的遊子
貪婪的吸吮慈母底溫馨
阿爸
阿嬤
以及同在天上的列祖列宗

讓遊子醉吧
飲盡這盅濃烈的鄉愁

鄉愁是手足無拘底恣情
談論著一些
東西南北
北南西東
等待十八年的
竟是未能到齊底聚首
世事滄桑
滄桑世事
讓遊子醉吧
飲盡這盅濃烈的鄉愁

鄉愁是幼時底童玩與布偶
在市區的老街裡

遊子將去尋回記憶的春光
彈珠
陀螺
尪仔標
還有甜甜黏黏的麥芽糖
煙硝瀰漫的鞭炮
讓遊子醉吧
飲盡這盅濃烈的鄉愁

母親

萱草花開在五月的季節
忘憂歌有人輕唱
春天走過的容顏
是我底一世的溫馨

母親底雙手是三月的春暉

灑落在淡淡的飯香中
灑落在暖暖的冬衣裡
灑落在明亮的窗台邊
不轉的心啊
日日

月月
年年

母親底身影是四月的花香

芬芳在酣甜的搖籃內
芬芳在坦真的童心裡
芬芳在飛躍的青春中
不換的情啊
日日
月月
年年

母親底眼神是五月的和風

吹拂在浪子疲憊的天涯路

吹拂在少年輕狂的書劍裡
吹拂在征人忐忑的心口上
不歇的愛啊
日日
月月
年年

花嫁

台中到岐阜
于歸的姑娘踏著初春的雲彩
去追尋今世的夢

新婦的笑靨泛著光采
滿滿的祝福裝填在一箱箱的喜悅裡
乘著新幹線
神采飛揚的新郎倌引領著——
一路招展的櫻花是浩大的迎親隊伍

不停的斟酒
不斷的變換餐具

不變的是父親臉上不捨的情
不捨的情掩不住女兒如花的容顏
花的容顏在這個國度連綿
而
太田家族
無疑贏得——
這一季的競艷

母女

十月的楓紅未落
深秋的濃霧不來
舊金山燃燒在——
昏黃的溫暖小燈裡
母與女輕身對坐
細說不為人知的悄悄話語
有時候如此安靜
沈默的是天倫

海風

漁舟點點
海風陣陣
龍蝦與螃蟹淋上午後的陽光
溫馨了窗外一色蔚藍
在岸邊小館
殷殷盛情是醺然的高粱
不待撩人的海風吹來
我已經——
偷偷揉了眼睛

萬聖節

成堆的南瓜吸引了成陣車潮
擁塞在去來公路
我以為——
只是豐收的圖騰

惡魔與骷髏頭翻了身
墓誌銘也一樣
佇立在太平洋此岸眾家門口

他們說這是萬聖節日
東方與西方如此之不同

夜訪南舊金山

南舊金山的霧盛情地
迎向故鄉來的訪客
華髮下收藏著記憶底片
鄉音不改
妳雪白笑靨不變
停格的光陰
豈能只是
傾聽一夕失落的嘆息

人生有夢
此岸是當年嚮往的桃源
月圓有缺
滄桑何免

往事娓娓道出
我們漸入龍鍾的老態
蘊積的禪心
輕輕撫慰深深刻畫的歲痕

夜色漸深
霧已散去
南舊金山的麗景終又閃爍在——
寧靜的海邊

乾旱舊金山

路邊的樹葉逐漸露出乾癟的愁容
只有仙人掌精神抖擻
針葉樹看起來差強人意
百年渴旱的加州
竟連平日猛吸濃霧水分的紅木
也快喘不過氣來

當草地不再翠綠
不知道舊金山還有甚麼可以取景的
也許
只剩那些建築與海鳥了

尼加拉瓜瀑布

造訪女神
謁見華盛頓
紐澤西的摯情點燃了千紅似火
東方的旅人
追逐著
這一路驕寵的楓葉

披星戴月
疾行如秋夜的寒風
數十年嚮往
尼瀑雄雄
大河滔滔
我已趕在——

迫降夏威夷

眾人幾乎都去了夢鄉
即使未入睡也闔起雙眼
只等待飛過漫長時光隧道
座艙內似乎有一些騷動
臨時停降檀香山的訊息
是機長慈悲的決定

我嘆了一口氣
多花一日的折騰委實煩心
油料洩放則引來無謂的虛驚
誰在乎夏威夷的美麗
經濟艙座位實在坑人
不知那一個設計者

晝了這張要坐十幾個鐘頭的綁椅
蓄意把一干人等累癱

度假勝景的誘惑就在眼前
無奈卻必須寫在臉上
重新開啟已封包的行李
既無好吃又無好睡的一夜
奢藏幻想如此破滅

趁著早晨的空檔走一趟海灘
在岸邊打撈一些景致
算是舊地重遊的紀念吧

歸人

歸去
是要完成蟄藏的心願

見一見
老榕樹盤錯的歲痕
青春啊
流逝了豆蔻的年華

讀一讀
墓碑上新刻的字語
淚水啊
滴開了記憶的漣漪

思念

隨風飄揚的木棉花帶上一把思念的種子
飛過關山
飄過海洋
掉落在白皚皚的髮梢
剪不斷的臍帶繫住千里
那是來自心深處的呼喚

說不完陳年舊事
故鄉
是夢裡不褪的情懷
白雲
曾是離鄉人流浪的寄語
洛杉磯寂靜的月光卻是你沉澱的依託

肥沃的土地已滋養出枝葉繁茂的巨樹
在這個季節
阿姑
它是妳——
豐收的國度

禪天

忘一忘世間俗事
抖一抖昔日沾著塵土
庭前權且為課堂
落葉是當下法門
彎腰
收拾起一片片今世的因
悄悄
消弭掉一件件來生的果
任它撿去又掉來

巧克力是雙唇持咒玄機
豈能不勤
雙眼微閉為入禪片刻

怎可驚動
眾人只隨我登向禪天
笑看蒼生浮沈
一泯今世恩仇

洪樓一夢

鄉路漫漫
庭草萋萋
故園夢依稀
笑裡歡顏如煙聚
惆悵卻千縷
人無言
天無語
多少無奈埋心底

黃粱夢醒一場空
莫提當年風起雲湧
往事塵封

鏡花水月無牽掛
撥開紅塵見蒼穹
付諸隨緣
付與自在
付與秋風

禪語

台北的星空不語
閃爍二十年的
是中山北路不夜底街燈
車水流轉
過客如煙

過客如煙
少女底笑靨日漸隱去
紅顏
躲藏在歲月底背後
躲藏在
默默地禪坐中

散落一路的書香
陪妳
走過忘憂的年輪
曾以為
青春是我們恆久底宿命
曾以為
美麗是不朽的驚嘆
……

小溪不再逶迤潺潺
老家的房子已然非舊
不知愁底少女情懷
已經
隨風而去
小溪已老……

晚風的呢喃
是——
不可知底禪語

輓詩

舊金山的牽念
竟然高掛在今夕的夜空
皓月啊
懷傷的涼天

我心苦苦
之旅非宜
我心戚戚
行止遲疑
嘆海空阻隔
起萬般愁緒
此顆丹心
說與誰去

寄語流星
輓詩切切
其悲咽咽
舉一杯水酒奠向蒼穹
人間有憾
今月有缺
今月有缺

——《從容文學》第五期，二〇一六年四月。

清明

車陣絡繹於途
尋根的人啊
杏花春雨
趕在這清明

裊裊清香漫入空中
黃紙掛墳塋
遠行的靈魄啊
祢且來聽
祝文
是我向后土尊神的祈稟
祭文
則是怦然思慕的懷情

三杯清酒
牲醴庶饈粿品是卑微的誠心
魂兮來饗
先人有靈

拜城隍

一柱香
裊繞一份虔誠
城隍啊
佑我兒孫
七爺八爺啊
肅殺的威儀可否藏起

走過熱鬧的街巷
沈香舖排了神前郁郁
通靈的廟祝啊
請傳達信女卑微的心意

歲月鬢白在容顏裡
神明猶在
春風不來
而
古廟幽幽老矣

祖母的新居

大里溪流悄悄去
往日情懷依依依然
記憶的笑顏藏在不褪的扉頁
十二年的光陰啊
十二年的懷想

讓昔日鍾愛的長孫
為您築一幢嶄新的房子
白皚皚的墻啊
紅寶石的桌牌
細雕的石柱啊
精緻的簷口

漫漫長夏啊——
一番煎熬的心血

將迎著祖父的鐔與您相聚
那先行的魂魄啊
一世的愛終要廝守
不渝的情啊
桂花是相伴的芬芳

父親的鐵馬歲月

那輛掛牌的腳踏車
無聲地駐泊在時空長河

沾著塵土泥香的兩個輪子
滾動起芳菲的浪漫
寧靜三合院裡
瘦長身影是溫挺的山
揹負沉甸甸的重殼
奔馳在歲月窘途
嫩稚眼神
見不到
烈日下擦拭不去的汗珠

騎過群蛙爭鳴的秧田
騎過野花盛開的清明草徑
騎過嬝嬝炊煙
也騎過了雀躍的童心

記憶湧起莫名輕嘆
童心
漸長漸去
山
漸行漸遠
讓我們勾連一起的古老鐵馬
逐漸
載不動許多往事

——《台灣現代詩》第四十六期（封面徵詩），
二〇一六年六月。

夢回中區舊街

昨夜
夢回中區舊街

繽紛七彩競以巨幅看板互別苗頭
喧騰的銀幕對白
自三家緊鄰戲院迎風傳來
被樂音激盪的胸濤
歌舞起綺夢情懷

毗連店舖
縱橫在井然有致的路街
布莊與金飾
輝煌一代歲月

那書局
斯文了這段風騷
濃郁的書香飄聞百里
飄不過
都心無言的換移

市場內
蜜豆冰清甜沁口
細碎冰塊
屢屢勾連無解的鄉愁

烙印著向日葵的太陽堂啊
看它享盡尊榮
沿路留下的分身

探五龍山渡台祖墓

冬草萋萋
覆蓋了山麓
綠色波浪已將眾墳淹阻
惶然四顧
欲探我祖尋無處
猶待來年
清明路

巍巍其勳
買棹渡台終遂浮海之志
劈荊斬棘不畏艱難腳步
五房嫡傳
枝繁葉茂載族譜

水源木本起懷思
秋霜春露

昔時龍蟠之穴
今日亂葬豈堪約束
地靈在否未知
一顆丹心
奔走於蒼茫之途

弔屈原

汨羅江水滔滔
草木莽莽
斯人遠去兮
千古猶傷

在憂讒歲月裡憔悴的容顏
刻畫了痛苦的遭遇
那一日
江邊遇到漁父
你說
貞節豈可蒙上塵垢啊

滄浪的水如果清澈
可以洗濯冠纓
滄浪的水如果混濁
取來洗濯污腳
這些話
何能安慰你那崇高的志節

舉世皆濁你獨清
眾人皆醉你獨醒
是非不分
嫉妒的人啊
阻蔽了你熠熠的才華

以蟬翼為重千鈞為輕
毀棄了黃鐘
卻讓瓦釜如雷般響動

多少人
能夠了解你悃款的廉貞

那個披帶鮮花
串綴著秋蘭佩飾
意興風發
唯恐年歲不待
美人遲暮的壯志啊

寧願昂首有如千里良駒
還是像隨波浮泛的野鴨
寧可與騏驥並駕齊驅
或跟隨劣馬的足迹
寧願與黃鵠比翼齊飛
或者和雞鴨爭食

悠悠蒼天
太卜也占不了你的疑惑

初夏蓬勃的陽氣
解不開鬱結的心緒
懷著憂傷與無盡的嘆息
疾行南方而去
葬身江魚之腹中
是寧有的抉擇
死——何懼焉

汨羅江白浪滔滔
草木依舊莽莽
斯人千古已去
魂兮知否歸來

第三輯

流星雨

流星雨

鐵砧山
大雪山
一路逶迤的車隊
是朝拜山巔的流星

那是一場世紀的失望
在擾嚷的喟嘆之後
追星族紛紛退去
而
馬靴女孩的夢
竟然在下山的燈陣中
尋獲

白海豚快捷

這檔超大型海豚秀
套裝起今夏最時髦的夢幻列車
搶鮮的滿滿人潮升高了——
午後的溫度

一路游向大海
卻又回溯漸古的車站
雙節式車廂以藍線串出白色動力
快捷的熱情也引來——
茶餘聒噪不休的話題

註：台中市BRT快捷巴士通車，候車站以白海豚意象造型，極為搶眼，曾是市民最熱門的話題。

國道的仲夏旋律

音樂從小舖旁悠揚傳來
好熟悉的歌聲
浪跡天涯的年輕懷情
撥出了抑藏遙遠的飛揚記憶

思緒跟著沸騰起來
這街頭的歌者
輕易地擄獲一路風霜的疲憊心靈
車來又車往
如炎夏中屋角噴出的水霧
轉眼人去煙散
……

獨留下
繞樑的餘音久久不歇

晚宴

太陽使盡全身的力氣
燒完一天柴火
累了
馱著殘餘的紅暈
沉沉下山

倦鳥趕上最後的微光
紛紛歸巢

孤單的夜鷺
緊緊守住池邊
你訝異發現

牠在等待
等待一場豐腴的晚宴

——《滿天星兒童文學雜誌》第八十六期，
二〇一六年五月。

夜鷺

佇立於池岩之上
如如不動
彷若入定老僧
偶而
盹以金雞獨立姿勢
光天化日
你是慵懶的行者

是誰惡作劇
在你背上裝上兩根細長的白色蓑羽
那模樣有一點滑稽
其實不妨礙抓魚
只要守著這窪——

吃到飽的水上自助食塘
尖長的利嘴伸出
再伸出
精準一啄
就是一頓美味

晝伏夜出的捕魚高手
暗光之鳥

祖孫

不再彎腰
牽著你小小的手
穿過那片林子
走向草坪
你誇張地變換淘氣之姿　逗我
以三歲的童心

來到水塘
觀魚　探訪夜鷺
我們去看張牙舞爪的恐龍
聽牠嘶吼

我說累了
你卻不願停下腳步
衝勁恰如小犢
誰讓世界有這麼多的新鮮
許是你的模樣
我也年輕了

牽著你小小的手
我陶醉於旁人羨慕的眼神
這時刻——
祖孫二人如此貼近

萬象表演秀

在迎賓舞華麗開場之後
堆疊圓筒的平衡特技
空氣繃得令人屏息
夾心餅般的大鋼圈貼地翻旋
卻看得你忘情拍手叫好

金衣金髮扭動著身軀的女人
為什麼叫金絲貓
為什麼兩手空空也能變出鴿子
為什麼黑布將籠子蓋上再掀起
白鴿變成美女

讓你目不轉睛的是——
層層飛動的金光閃閃呼拉圈
神奇的小桌啊
覆蓋著魔術方巾
漂浮到面前來
任那裙擺衣帶飄蕩
索性把她也懸在空中
東瞧瞧　西瞧瞧
怎麼一丁點也看不出
這世界的門道

萬劍穿心
卻刺不到美女
咦
她哪裡去了

那屋子
充滿神奇與新鮮
在你四歲的年紀

蟬聲

蟬聲
不知什麼時候
戛然而止

去年已鬧上一季
看樣子
是原班人馬捲土重來
在窗外的樹梢
繼續演奏盛夏樂章

空氣陷入沉寂的悶熱
時間彷彿跟著停頓
這午後

我忽然明白
原來一曲天籟
紓緩了連月的酷暑

至少
幾個小孩可以循著聲音
在蔭涼的林木之間
尋蟬而去
消解——
三十七度的難耐

——《台灣現代詩》第四十三期，二〇一五年九月。

初秋的午後雨

陽光
如往常般灼灼灑落
白晝世界裡
出門的人一樣庸庸忙碌
青山依舊翠微

過午之後
竟日的精神消耗大半
樹上吱喳的鳥兒也累了
天空
忽然陰灰起來

雨

嘩啦嘩啦下
下得花容失色
野草鮮綠
裡面的人心慌慌
外面的人進退失當
嚇得那隻秋老虎
倉皇落湯

這些日子
老是天天來一場
午後陣雨
稍減
初秋的暑意

八仙彩色趴

炎炎六月天
水世界不玩水
微粒色塵帶來興奮因子
彩色趴是今晚的瘋狂
把夜塗上漆黑底層
讓燈光灑出神秘的七彩夢幻
乾涸水域且當曼妙舞池
噴槍人影是加料的殷勤侍者
在眾神的國度
初夏之千吶搖起沉睡的八仙
盡情歡樂吧
年輕的心需要享受青春
青春

青春
誰能知道——
這瞬間閃燃怎麼就粉爆了
一切的夢

十字路口的守護神

煙氣瀰漫在——
鐵騎戰車的隆隆吼聲裡
十字街頭
兩邊對峙成一觸即發之勢

雙手一揮
千軍萬馬是潰堤的潮水
排山倒海瞬間而來
你立於路中央
不動如山
宛如天上神祇
觀看紅塵的纏鬥

一回合之後
哨音長鳴
金戈鐵馬的奔馳驟然休止
這是
囂攘叉路喘息的刹那

東西軍結束
換來南北戰爭
路口的大場面戲天天上演
而你
無疑是今日最佳男主角

伴雲山莊

不是園丁
我說
當冷鋒過境
你是白毛台那一片雲海的主人
海拔八百的高度
居然擁有壯闊瑰雲千頃

綠瓦白窗咖啡色圓木屋
迎風怒放的櫻
招展的杏李
姹紫嫣紅
尋幽客怎堪為陡峻卻步
陡峻藏不住許多驚喜

臨高遠眺
且說長溪謙謙無意喧囂
不知山林鬱鬱寬了胸懷
簷外樹梢
飛來幾隻綠繡眼殷勤探問
雀鳥相伴
青山寄情
以十七載青春

一壺茶
尋到花蹤
離去前
也品過山居歲月的松風

白屋

走山後的九九峰下
不知誰起的先
巷弄的生活藝術試圖引領風騷
毓繡美術卻是此地的憧憬

石雕　花飾
大蜥蜴　彩色牆
連樹也給打扮了
那些人似乎有點瘋狂
而你把餐廳裡的自然原味老遠搬來
純樸一如這鄉里

白屋
是探訪平林美學的扉頁

望梅

三月的春雷未落
驚蟄的跫音不來
四月的愁望斷長空
背插雙翅
手執鍥鎚的雷公啊
你這翹班的前鋒
教人——
找不到雨神足蹤

眼看著——
供五停二的夢魘破城而至
宛若沙漏的水庫
標高節節敗退

焦慮
掛在每人心底
操場邊
那一排細流涓涓
嘩喇水聲早已絕響
愜意的清涼只能回味

熬不住苦旱
深潭裡九隻青蛙
一一冒出水面
乾涸猶如展示標本
無辜引來——
一群憂鬱的眼光

五月的梅喲
有人說

當她擺出誘人的豐盈
雨將追隨而至
能否為九蛙帶來往日的潭水
定律還是慣例
梅雨糾纏的季節
是這海島——
每年的盼望

——《台灣現代詩》第四十五期，二〇一六年三月。

發燒的地球

是誰
引來暖化的火種
三十八度的高溫讓人在柏油路上起泡跳腳
極地融化的冰原
何只傳達熊族將滅的訊息

燃燒吧
廢氣
貪婪的文明
終究會把攝氏四十燒成明天的惡夢

將一季的雨
倒滿街道山林

在洪水去後
留下乾旱

旱
澇
暴風雪
是千古無知的業障
還是宿命

都市熱島的無奈
深深壓抑
我已快喘不過來的呼吸

魚之哀歌

海恁大
洋恁深
怎懂它也有天羅地網
整張孔目隨浪漂臨之際
慌知大劫來時

離水掙扎
何辜引起興奮騷動
夾雜著吆喝
活生生抛入艙底冷藏
船上的喧嘩
遂成為惡海裡暗黑的猙獰

市場內人來人往
水產成排羅列
竹籃內魚魚緊貼
眼珠翻白
張口似又欲言
人為刀俎
我卻為魚獲

這世界
豈有一個理乎

——《台灣現代詩》第四十八期（封面徵詩），
二〇一六年十二月。

永安漁港

那些漁船不怎麼顯眼
海上的拱橋則擺出動人弧線
以水藍色銜接天際
妝點小小的港灣

吆喝在人群中傳來
遊客隨著聲音聚攏
拍賣手法無非譁眾取寵
一路逛去
毗鄰相接的攤攤魚貨
撩亂了妳的眼睛

美味在空氣中飄漫
花枝燒　魷魚串
成堆的蚵嗲
不受色香誘惑
纖纖之手早已牽住——
蠢蠢躍動的心

有些可惜
我只能嘀咕
海底最鮮肥的魚族
是否都趕到這地方來了

協力車風情

乘那一絲愜意
踩著冬日暖陽
翱翔在童年時光
翱翔在溫馨走廊
翱翔在愛之殿堂

不管童稚萌樣
不管年少輕狂
不管白髮蒼蒼
淡淡風情吹動了幸福幡揚

把煩惱忘掉
遠離塵疆

濱海路上
這條綠色長鄉
是遺世的自在與安祥

當黃旗不再飄揚

當黃旗不再飄揚
也許是妳該回家的時候了

絢麗的文攻為金錢寫下註腳
洶湧的造勢是一波波的武嚇
而妳只有
聲嘶力竭的吶喊猶如奮戰的勇士
而妳只能
疲累的在爭逐的沙場
在街頭——
在夜市

依附的背殼在十二月的熱溫下
一夕破裂
掉落的人氣被藍色的浪頭
捲走
也許是妳該回家的時候了
當黃旗不再飄揚

藍綠之業

色彩不是始作俑者
沒有人能夠說出
湛藍與翠綠之間有什麼瓜葛
在這島上
藍綠是對立的標籤
撕裂式的民主
竟然把真理也拉扯成兩邊

濁水溪為界也好
大安溪也罷
島嶼的天光難道真有不同
即使整個世界變調

將你擊倒仍是堅定的意志
誰在乎明天的太陽是否依然升起

不論是非
不理親情兄弟
顏色差異足以點燃不投機的怒火
翻臉猶勝翻書

這業如此之重
這船將駛向何方
令人窒息的宿命
教我如何承受
…………
教我如何承受

註：一切善惡思想行為，都叫做業。好的稱之善業，壞的稱之惡業。業包括過去、現在與未來的思想行為。

虛驚

也許是
菩薩開個玩笑
也許是
菩薩刻意來渡化
總之
那是一場虛驚

照妖鏡掌握在推移的手
超音波探得五臟翻滾
照不出意亂心慌
百里迢迢
仙姑啊　保佑

開刀房裡
這一刀下去
是屠夫
還是菩薩
只能無助的兩眼望向天花
房外身影幢幢
而
眾人默默

虛驚也罷
試煉也罷
妳終究已明白
其實那是另一場　淡淡的
清風明月
在
驚歷這次慈悲的禪聽之後

寒潮

北方傳來訊息
好冷
陽明山下雪

苦嘆暖冬的人不再有藉口
難得接近冰點的島
冷颼颼寒風
擋不住追雪熱情
妳說
這只是一場白色夢幻
在北極負振盪之後

冰天鋪地
貓熊玩雪的畫面
不禁讓人聯想
那些居住極地的熊族
海水結凍
是否——
也該豐腴了

情淚

——龜山島八行詩之一

莫非緊守揮趕不離的諾言
頻頻回首
遲遲徂東
噶瑪蘭公主和沛努的愛情
傳說著蘭陽平原與龜山島動人故事
當雲影如笠般飄上山頂
一場滂沱大雨
卻是情傷海龜最淒美的淚水

萬家燈火

——龜山島八行詩之二

夜暮時分
山上的僧人
散落一袋金色唸珠
點起蘭陽萬家燈火
彷彿噶瑪蘭企盼的亮盞
黑暗中
投向幽幽大海
指引癡情郎焦急的歸程

媽祖

——龜山島八行詩之三

斷垣殘壁
留下七百人足跡
披著風浪的命運
媽祖能佑
昨日香煙裊裊
后駕已隨村遷去
廟聯猶在
青山隱然

連長的故事

——龜山島八行詩之四

枕戈待旦
且聽夜夜練兵斥喝
連長其辛
哀哀殉矣
為撫不去忠靈
昔時拱蘭宮
成了——
今日普陀巖

第四輯

壺中歲月

壺中歲月

當時間不再激情
只好
將那幅山水借來

喝一盞茶
品這壺淡雲歲月
讓微甘留住半日齒香
在方室之內

漸漸地我發現
日子只剩徐來的風

與
仲夏的蟬鳴

——《台灣現代詩》第四十五期，二〇一六年三月。

蘭陽平原夜景

當霧散去之後
護法的僧人不小心掉了——
一袋金色的唸珠
散落山下

星空
不知何時
借來寒山那輪秋月
皎潔了眾生的凡心

不甘將拉簾帶上
我久久守護著窗外的驚喜
東方始白

這幅璀璨竟已被傳說中的海龜
吞噬

註：寒山禪師悟道名偈：「吾心似秋月　碧潭清皎潔　無物堪比倫
更與何人說」——訪宜蘭佛光大學眺望蘭陽平原夜景

探訪青龍瀑布

一千六百海拔的午後
開始起了霧
沿著岸上杉木群
漸無人跡至
空留秋水喧

步步入幽林
尋覓虛無飄渺間
山壁迎面來
奔溪竟無言
山壁側身去
落瀑吵翻天

百米飛墜的咆哮
愈吼愈兇
霧
愈來愈重
水盡路窮應即是
觀瀑台上
不見青龍——

只道
雲深不知處

——《台灣現代詩》第四十九期，二〇一七年三月。

遊梅花湖遙望三清宮

從來不知蘭陽之南有一處
三面環山之湖

水鴨悠游
波光粼粼
曲徑依山傍水幽繞
路旁
仙跡昭昭
層巒疊翠之間
只見
一觀巍然

雲起處
想必
仙風拂面
道長衣袂飄飄

我
錯過了仙班
遠來迢迢

禪味

天空
突然下起午後陣雨
撐著傘
踽踽漫步於那一片森林
在薄暮的微光裡
享受雨中空靈
參天杉木群
兀自聳立
睥睨來以傲然之形

濕涼的芬多精華
誘我趨聞

數十年睽違
古木如如不動的禪味

臘八之十一行

當眾蔬菓猶紛紛擾擾尋覓歸處
砧板與爐火之間
挑了心蕊的蓮子
竟已搶得機先
未知緣起　只見緣滅
苦因既去
菩提即生
堆置如山的佛果將在臘八證得圓滿
持誦默默
這場雜沓是一隅——
你我潛修的靜室

行香

東方第一道曙光打亮天空後
雀鳥在樹梢誦出開經偈
晨風中
眾人乘著涼意入場
早禪已然揭序

蓊蓊綠蓋是化隱於市的禪堂
岩板石　水泥路
崎嶇徑　平坦道
且做今日修行的方便法門
紅塵映我
群木悲憫看我
風聲樹影都是隨境說法的如來

佛說不語
恁他甩手拍掌疾行
北東南西　北西南東
順時鐘與逆時鐘的邂逅
因緣幾何

人群去來
行香是每日例行的功課

登大坑玉佛寺

昨夜
是否群峯陡峭了身段
誰
又讓扶桿折彎了山林
今朝的意志一路被用來試煉

披著酷寒後的暖陽
重登這峯頂小寺
觀音殿上
因緣跪叩法喜
竟教五色線繫住妳不羈的塵心
一切如此自在
修行的感應因法而至

不因山路之困增
也
不因佛寺之陋減

我為一方空靈來
只見兩位法師親切
不見
眾生喧嘩中
昔日獨坐唸經的老尼

善光寺

亮了燈
誦起佛經
我來
繞著曲折山路
燒一柱香
那行字背後的先人
慰她清寂的神靈

我來
見那削髮修行的故人
默默守護這牌位
點香　供果
她與她之間原有俗世的因緣

我來
為那巍峨大殿
綠瓦白牆
青燈古佛

我來
為那碧草如茵
松枝傲然
瞭遠無際

我來
為進入——
那一方空寂

——《台灣現代詩》第四十七期，二〇一六年九月。

響鐘

寺
山門
石板坡
巍巍大殿
我是那朝聖的行者
為尋求一偈開悟禪機

話不盡金碧輝煌
數不完隨喜功德
威武聳立的四大天王
瞪眼怒看執迷眾信
大雄寶殿上
我佛兀自慈悲

新剎
古松
看盡紅塵生老的百年茄苳
我一生尋覓的禪悅
卻是妳法喜的響鐘

玄奘寺

它是一場無字偈
遍佈林間的石子述說著
聖僧盈滿劫數
白色詮釋永世的堅貞
諸魔邪障盡藏窮山惡水
擄不去向佛志節
你是那——
大唐冊封的御弟

暮鼓晨鐘敲動十方頑靈
疾疾佛號聲聲召喚有情
杉柏是座前聽經的虔誠
且讓青燈相伴千年

我未看到
天龍兌變的白馬
與
機靈神通諸弟子
只見遠山悠然度去浮雲

靈巖山寺的小沙彌

歷劫的菩薩閃泛著光燦童顏
僧衣卻包裹起頑心
掛單湖山的小小雲鶴
從靈巖山寺來
終須回靈巖山寺去

不見它康莊大道繁華麗景
不理會熙來攘往紅塵凡夫
默數星辰
唱頌經偈

潺潺流水化做竟日淺唱的法音
咚咚木魚敲成晨昏不變的功課

他是禪修道上向佛的煉石
清晨繚繞夜空的經誦
引來山靈法喜的諦聽

觀魚

觀魚自在

在淺窄小池
在野溪流水
在深淵

不因水緩而喜
不因水湍而急
不因水濁而困
不因水清而舒
魚何不著境當下塵緣

悠游若隱行禪之態
恬逸但藏妙覺之趣
莫非
其念無所執
其相無所著
其心無所住
自性不迷
只道前緣宿因俱得清淨

魚非我
未解我之苦
這雨後的夏日
我卻已禪化為魚
在菩提池中竊享魚之樂

一泓水
悄悄演繹了無諍三昧的佛法

布施

節氣又吹到霜降的天涼
繁華的街燈初上
叩……叩……
木魚聲由遠傳來
秋風暮色裡
盤踞對立街角的兩間居酒屋格外醒目

一襲袈裟逐漸出現在這場夜景
腳步莊嚴
微睜的目光只落在筆直前方
車聲人影何有哉
酒肉笙歌何有哉
托鉢如法

來吧
植福田的善男女
過了街
我停下來等待
在燒烤酒館的路口
等待——
和尚慈悲的布施

註：布施有三種——財施、法施、無畏施。僧侶托鉢接受世俗之人供養，造就見聞佛法，一念發心種植福田的機會，是一種法布施。到底是世人供養僧人，還是僧人布施世人，或者兩者皆是？

秋月已圓

載了滿滿的祝福
奔馳
於馬年的國道
看著你這掌舵的新手出航
將船駛向乘風萬里的海洋

一組工具箱
開啟生澀的巧頁
傳承竅訣
累聚年輕的經驗
人海難料浮沉
送君財帛

不如一技在手
這是大千世界悲憫的菩提

踏著夜色
剛出生的小孫女振奮了疲憊的身軀
望向蒼穹
只見長天澄澈
心塵雜念倏而無蹤
我驀然醒覺——
原來
秋月已圓

獨居的日子

嘗試做為都市叢林的修行者
我過了一段獨居的日子
去找藥師佛聽經聞法
也請六祖來相伴
翻閱金剛經度過午後的時光

乘著霜降的涼風
踽踽行走於陶磚道上
當詩懷成為寄託
秋情竟也豐腴了——
清瘦的禪心

夜幕在四周雜音戛然而止時分迅速低垂
終於跌落沉寂深淵
循著澄澈暗色思索本初奧義
東方第一道曙光卻悄悄捎來宇宙恆行的訊息
一切現象似乎在解釋自古不變之定律
……………
日出又日落
而
春夏秋冬不移

註：霜降為二十四節氣之一。

佛緣

又去山谷
那是你的國度
不為佛法來
卻談佛法事

在木雕藝術的殿堂
一如往昔品茶聊天
不同的是——
新的緣起在眾師姐之間開始

綠葉方舟
白色夢境舖陳了小城傳奇
你的世界如此美妙

幽谷中
怒放的櫻李讓人驚嘆
……
驚嘆此世的因緣
山上的浮雲已悄然托來
今日午課的香讚

自傘自度

雨將馬路積成水塘
淹過皮鞋
連褲管都濕透

還差一個鐘頭
趕早的人陸續來到
儘管剛與豪雨對陣過
抽號機前
一支支雨傘無怨尤排列地上
整整齊齊
偶而也穿插著水壺罐

時間在外頭嘩啦聲中過去
泡過水的鞋褲其實不怎麼好受
等待
無非是一場枯坐與靜默
傘與水壺的替代役
安下十方煩燥

七點前十五分
抽號機驟然燈亮
大家紛紛起身準備就位
忽然響起一陣——
喝斥脫序的尖叫
一旁兩位男士因混亂爭吵起來
眾人紛紛取傘自度
掛號喧騰

很快恢復寧靜
大雨
沒有淋濕無諍的心

註：「自傘自度」為禪門一公案，修行首先要能自度；如未能自度，又如何要求佛來度你？自傘自度，自性自度，凡事求諸己；佛法如此，生活亦是如此。無諍：安住於空的道理而與物無諍。

入定

時間枯燥在漫長等待中
盯著燈號的眼神漠然無助
你說那是窒息式的跳動
不時聽到鄰近的喚名與吵雜
人群擁擠地移轉
這地方
倒有些像菜市場了

逐一檢視來散瞳
白衣天使的推車不是叫賣
一雙巧手竟然——
模糊了眼前的花花世界

閉起雙目
我唯有入定而去

朝山

海青點化成蠕動的沙河
南無本師釋迦牟尼佛
三步一拜
朝山袋是另一類的虔誠

緣意沿柱而上
紅色的燈籠高掛
吉祥　如意
九重葛不隔九重
紫紅花妝點了正月的殿堂
朝山道上
佛竟然與我如此接近

向晚的羅漢班列五百
頑石如妳五十年不變的璞拙
卻又如我遲暮的執情
大雄寶殿上空熱鬧一夜的法輪
豈只種下
大樹鄉的福田
那是妳——
今晚最深刻的法喜

皈依

香花迎
香花請
諸佛菩薩皆降臨
皈依佛
皈依法
皈依僧
諸佛菩薩齊見證

春秋閣
多少個蹉跎的春秋
歷數
多少塵劫

一夜無眠的掛單竟在
無波的蓮潭——

國道十急急向東
趕早場的朝陽迎前撲上
晨風欣喜來敷面
拂拭我僕僕的汗顏

山上
低沉的鐘聲催促著
爐香乍熱
祥雲集結
佛門外
那顆漂泊的心

終於悄悄地
拴在南國高聳的大殿

佛陀紀念館行腳

走過青青草地
走過百萬人的碑牆
八正道的七層寶塔引領——
今日的因緣
登上三十七道品的階梯
了度眾生
在十八羅漢成列的菩提淨土

五百六十七之遙啊
靈山路遠
四聖諦塔喲
巍巍佛陀

廣廣地宮
泱泱大殿

「莊嚴佛土者　即非莊嚴　是名莊嚴」
我因莊嚴而來
卻聽莊嚴在此說偈

「凡所有相　皆是虛妄　若見諸相非相　即見如來」
念念謁佛而來
卻聽如來如是說

不以色見佛
不以音聲求佛
「鬱鬱黃花皆是妙諦　青青翠竹無非法身」

我是踽踽的行者

——《喬達摩》佛陀紀念館館刊第四十八期，

二〇一五年七月。

與慧倫法師茶禪

竹簾帷幕遮住耀眼的陽光
也增添了這方雅致
短暫的等待是一場驚喜
你悠然而來

茶就當待客之道
禪且做方便法門
喫茶去
是今日求法的平常心

佛學　佛法　佛教
我一一啟疑
法語款款

菩提香清涼了——
午後的炙熱
在那池邊雙閣樓

註：趙州禪師的「喫茶去」是著名的禪宗公案，意在消除學人的妄想，真正的修行在生活中，所謂「佛法但平常　莫作奇特想」。

皚皚惠中寺

皚皚惠中寺
如如清淨土
寂寂佛子心
悠悠覺有情

頭頂無明
身披罣礙
沉浮於恐怖顛倒
五蘊不空
無明不去
老死不盡
般若不得

尋尋　覓覓
我是心嚮彼岸的行者

也執慢　也蹣跚
既無一株老樹
也無古松
徘徊二年
繞樑三日
藥師佛的法音已然安住

愷愷惠中寺

受戒

一襲縵衣
搭在海青身上
佛法度我
善種來世因

無田相的袈裟
如此莊重
修行的路漫漫
千人之戒
信誓如此旦旦

上師語意殷殷
告誡其明

善男子　善女人
心懇懇
情切切
意堅堅

爐香乍熱
十方法界已蒙熏
諸佛菩薩悉遙聞
裊裊烟霧結祥雲
戒子心誠
佛陀現金身

貪嗔癡所造諸惡業
長跪佛前求懺悔
皈依佛
皈依法

皈依僧
五戒的律啊
盡形壽來受持

度濟眾生終不悔
斷盡煩惱而不癡
學參法門永不歇
成就佛道誓不轉

慚愧感恩大願心

後記

小時候喜歡讀詩詞。喜歡古詩的簡潔深遠，喜歡詞的韻律多感，更喜歡活潑平易又雋永的文字之美；這些，屢屢教我吟詠再三，低迴不已，不知不覺培養了詩文的興趣。

對詩的愛好，並不代表也有寫詩的能力。那個階段只是賞讀，儘管低吟不已，卻未曾嘗試動筆。

年輕的歲月中，為生活奔波，為事業忙碌，詩的基因被隱匿起來。直到工作在油桐林裡，徘徊在春花與冬霧之間，忘情於山林湖水，才真正孕育出寫詩的情懷。

因綺麗的景致動心提筆，是想要把深刻印象留下，就像用相機拍下景物一樣，企圖記載美麗的一幕。這個開始，卻將被隱藏的基因挖掘出來。當然，免不了有一段嘗試與探索的歷程。

從四季物景到人倫親情，其實是善感的抒懷，我的詩境人生就這樣開始。慢慢的，從生活中，從佛禪裡，文字的觸角更寬廣。隨著歲月增長，抒情不再是筆下的主調，對生命的領悟與佛學的接觸，使我得以拓展創作的領域。

寫寫停停，停停寫寫，早期寫詩只是工作之餘的排遣。開了部落格後，自己訂下目標，有了動力才積極起來，漸漸地有彙集成書的念頭。最近，想到歲月不待，於是整理出一百零一首詩篇，訂名為《回鄉的季節》，了卻一樁心願。

為什麼寫出〈回鄉的季節〉一詩？為什麼書名《回鄉的季節》？一種盼望弟弟落葉歸根的心情，一縷怎堪兄弟久滯異國的思緒；只能說，那是兄長的牽掛，是隨著時間而至的淡淡遺憾。

本書共分四輯：

第一輯——阿勃勒詩語

花木、抒情為主軸，有歌詠，有抒發。詩裡投射著生命中的真情，每一篇都是內心的吶喊。我喜歡用擬人化的筆調，將無情之物賦予有情生命。循著這些心底的私密語言，讀者可以了解詩中蘊藏的感情世界。

第二輯——回鄉的季節

弟弟離鄉背井數十載，為他寫出了〈羈旅〉、〈故鄉的春酒〉、〈回鄉的季節〉。詩中說出遊子蒼默的辛酸，也透露著對兄弟的思念。這一輯，主要以親情做為詩的體裁；也可以讀到對母親的歌頌，母愛不只是春暉，更是花香與和風。另外，還有許多其他至情的描述……。

第三輯——流星雨

周遭事物、生態環境的變化，生活中許多題材可以入詩。詩人的觸角應該是敏銳的，不能侷限在風花雪月之中；對這塊土地，以詩敘述了個人的關懷與憂心。

第四輯——壺中歲月

喜歡研讀佛學，對佛禪有深刻領悟。詩中意境多只點到為止，如國畫留白希望能讓人低迴。人生無常，歷經滄桑歲月之後，日子恬淡了，就會開始思索生命的真諦。所謂鏡花水月，滾滾紅塵不過一瞬間。何處是真正的歸宿？生命的智慧又該如何？這一輯，收藏了多篇有關佛禪的作品。

我不是多產作家，也非專業詩人。細膩的觀察與領悟，是詩人的特質。詩人對周遭事物的感覺也許比較細心獨特，更能體會出旁人不易察覺的。這種覺性加上感性，就容易產生詩心。詩心賦予我新的陽光與水分，在吟詠中得到樂趣；在創作的痛苦與愉悅中，忘了年華已慢慢老去，我看到生命如泉湧般新生……。

語言文學類　PG1814　秀詩人10

回鄉的季節

作　　者／牧　林
責任編輯／盧羿珊
圖文排版／周好靜
封面設計／葉力安

發 行 人／宋政坤
法律顧問／毛國樑　律師
出版發行／秀威資訊科技股份有限公司
114台北市內湖區瑞光路76巷65號1樓
電話：+886-2-2796-3638　傳真：+886-2-2796-1377
http://www.showwe.com.tw
劃撥帳號／19563868　戶名：秀威資訊科技股份有限公司
讀者服務信箱：service@showwe.com.tw
展售門市／國家書店（松江門市）
104台北市中山區松江路209號1樓
電話：+886-2-2518-0207　傳真：+886-2-2518-0778
網路訂購／秀威網路書店：http://www.bodbooks.com.tw
國家網路書店：http://www.govbooks.com.tw

2017年7月　BOD一版
定價：280元

國家圖書館出版品預行編目

回鄉的季節 / 牧林著. -- 一版. -- 臺北市 : 秀威資訊科技, 2017.07
面； 公分. -- (秀詩人 ; 10)
BOD版
ISBN 978-986-326-431-6(平裝)

851.486 106007380

讀者回函卡

感謝您購買本書，為提升服務品質，請填妥以下資料，將讀者回函卡直接寄回或傳真本公司，收到您的寶貴意見後，我們會收藏記錄及檢討，謝謝！
如您需要了解本公司最新出版書目、購書優惠或企劃活動，歡迎您上網查詢或下載相關資料：http:// www.showwe.com.tw

您購買的書名：______________________________

出生日期：________年________月________日

學歷：□高中（含）以下　□大專　□研究所（含）以上

職業：□製造業　□金融業　□資訊業　□軍警　□傳播業　□自由業
□服務業　□公務員　□教職　□學生　□家管　□其它_____

購書地點：□網路書店　□實體書店　□書展　□郵購　□贈閱　□其他

您從何得知本書的消息？
□網路書店　□實體書店　□網路搜尋　□電子報　□書訊　□雜誌
□傳播媒體　□親友推薦　□網站推薦　□部落格　□其他__________

您對本書的評價：（請填代號　1.非常滿意　2.滿意　3.尚可　4.再改進）
封面設計____　版面編排____　內容____　文／譯筆____　價格____

讀完書後您覺得：
□很有收穫　□有收穫　□收穫不多　□沒收穫

對我們的建議：______________________________

____

____

____

請貼
郵票

11466
台北市內湖區瑞光路 76 巷 65 號 1 樓
秀威資訊科技股份有限公司 收
BOD 數位出版事業部

(請沿線對折寄回，謝謝！)

姓　　名：＿＿＿＿＿＿＿＿　年齡：＿＿＿＿　性別：□女　□男

郵遞區號：□□□□□

地　　址：＿＿＿＿＿＿＿＿＿＿＿＿＿＿＿＿

聯絡電話：(日) ＿＿＿＿＿＿＿＿＿＿ (夜) ＿＿＿＿＿＿＿＿＿＿

E-mail：＿＿＿＿＿＿＿＿＿＿＿＿＿＿＿＿